一个屋檐下

疯狂猫咪生活日记

派机 X 大力——著

湖南科学技术出版社

青峰。关于你们相处的姿态

如果在各种可能性都允许的情况下，让你选择与一种生物同住一个屋檐下，例如一只豹，一朵菇，一条鲸鱼，一群树，一只恐龙，一个精灵……你和它相处会是什么样的姿态？

当你回到家时，它会不会像家人，不特别热情，可能只是一句淡淡的“你回来啦”，像老妈子一样打量你今天贪玩的痕迹；像个威严的爸爸，端坐着看着自己的报纸，正眼也不瞧你；或是像个期待你回家的孩子，扑到你面前迎接你；还是像顽皮的弟弟妹妹，绕着你打转？

你和它生活时，它会不会像朋友，和你过着各自的生活，偶尔搭上交集时，滔滔絮语；感受你的情绪，看你难过时拭去你的泪水，看你开心时跟着胡闹；还是只是像不熟的室友，生活圈不同，狭路相逢时聊几句，打个招呼；还是会一见如故，每日舍不得道别般的熟络？

当你和它互动时，它会不会像情人，走到哪里都黏着你不放，不愿看见你离开，听见你归来的脚步声就心急如焚；会不会在夜里比你先跳上床等待，在被窝里等着同你入眠；会不会想要占有你，或像个控制狂监控你，看见你和朋友聚会甚至妒火中烧，跑来咬你一口？

一个屋檐下，用一本书，写下关于几个人与几只猫的生活，有什么道理吗？没有。但是人生真的需要什么道理吗，尽其所爱所感地生活，不就是真谛？

我也有一只猫作伴，它叫泡泡，8 年前，从它出生后两个礼拜，我就是它的室友。那时候，它也就认识大力了。一个台风夜。全部林伟哲音乐社元老级成员，都来到我的住处打闹通宵，大力还拍了不少泡泡（跟我们）的写真。当时被记录时，我们都没有任何感觉，事后看见那些照片，却如此生动。大力就是有这样的一个视角，让你可以不感觉到记录者的存在，因为，他自己就是生活在其中，最自然自在的部分。

现在，他用他的慧眼，记录下这一切。

存在这世界上，最不简单的，是简单；最不平凡的，是平凡。

序。两人四猫的真心话大声说

大力

大家好，我叫大力，今年 16 岁，人称中和金城武，兴趣是……

什么？！自序和自我介绍不一样？！（大惊）

（切换模式）

（端杯热茶坐下）

这是我第一本由出版社发行的书，本来以为一定会是本漫画书，结果原来我家的猫比我的漫画更吸引人……很好！虎父无犬子！（含泪握拳）

然后和我一起共同出这本书的，是我的老婆——广末凉子。她自称的。

这本书的时间轴是以家中年纪最大的猫——“肥妹”的成长为中心，一直到它遇到了其他的家庭成员，最后两人四猫，共组了一个家庭的小故事。

不过其实要说故事，也就只是一路以来，我用照片记录家里四只猫和凉子的样子（好啦她其实叫派机）。

派机很喜欢涂鸦，所以常常会在相片上，加上自己的手写字或小插画，这本书也把这个感觉如实呈现。写序感觉真的好像婚礼致辞一样，太长也没人要看，而且我写太多的话，派机就没东西写了……

总之，谢谢你愿意翻开这本书。

欢迎来看看这个又疯又傻的小小世界！

派机

Hi! 我是派机！喜欢画画、拍照，记录生活的我，居然也要出书啦！（汗）

结果书的内容都是在说，家中的四只胖猫跟大力每天睡了几小时，吃了几小时，然后再睡了几小时，又再吃了几碗饭的平日生活……这样。唉？？？(⊙д⊙)a

（回神）其实没这么偷懒啦，要不然我就完了（默默躲在角落中）。而且写了这几本书后，百分之百可以体谅拖稿的心情。

回归正题，其实这本书是从整个家里最有想法，也最得体的肥妹开始。因为它也常常用它的角度，来看待一个屋檐下的无脑生活，我想肥妹每天在家里应该也翻了不少次白眼。因为跟超爱狂奔的咖咖还有我一起生活后，肥妹心脏就练得很强大了！（羊叫暴冲中～咩！）

接下来的日子又多了新成员，先是 always 呈现惊恐状的乳迪，再来就是永远的公主呼呼。一个屋檐下的日子里越来越热闹，越来越温馨（duang），30 平米的家瞬间成为小小猫海屋（走在家里随时都在飞踢猫的程度……）

吁～希望你们会喜欢我跟大力还有猫们的宅宅生活哦！（继续吃薯片，但碎片全散落在乳迪头顶中。）

肥妹

这是一本由我的奴隶们所写的，关于我和其他笨蛋的书（远眺）。

咖咖

希望书的封面是可以抓的材质（抓沙发）。

呼呼

乳迪，过来，现在，马上。

乳迪…………（放空）

完。

不要闹了！！我又没流鼻涕！！！

Contents

一个屋檐下！关系图！

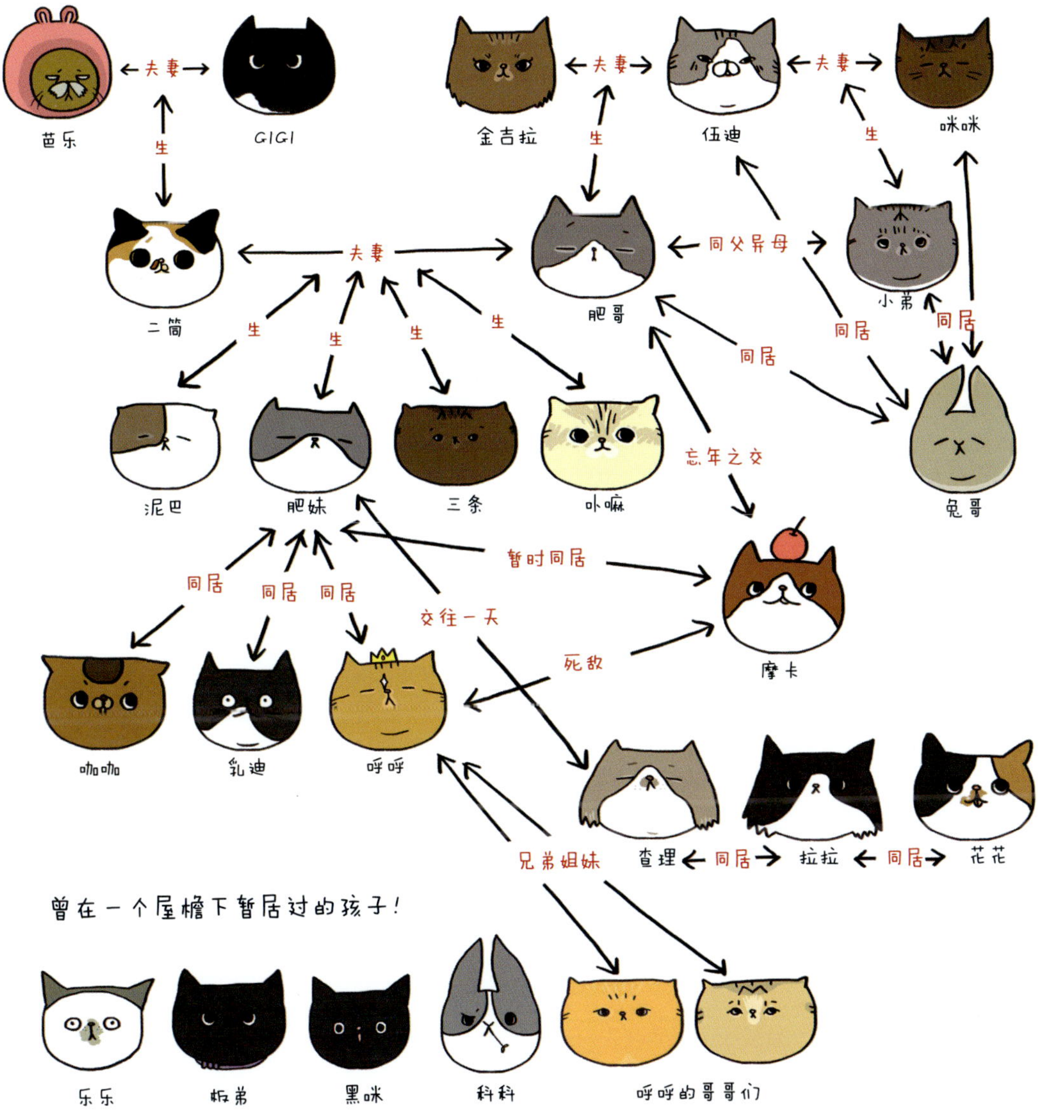
芭乐
GIGI
夫妻
生
金吉拉
伍迪
咪咪
夫妻
夫妻
生
生
二筒
夫妻
肥哥
同父异母
小弟
同居
同居
同居
生
生
生
生
泥巴
肥妹
三条
卟嘛
忘年之交
兔哥
暂时同居
同居
同居
同居
交往一天
摩卡
死敌
咖咖
乳迪
呼呼
查理
同居
拉拉
同居
花花
兄弟姐妹
曾在一个屋檐下暂居过的孩子！
乐乐
板弟
黑咪
科科
呼呼的哥哥们

舔!
舔!
舔!
想当初一个屋檐下只有我一猫独享~~

Chapter Ⅰ 一个家庭的诞生

这是一个家庭的从无到有。

雨人四猫，相聚于偌大的宇宙，

然后在每天的笑闹磨合中接纳彼此的爱意，

从此我们是家人。

原本总是感觉孤单一人的大力，生命中突然有了肥妹，

然后加入了派机，

接着咖咖、乳迪、呼呼。

谁都不孤单。

哈啰！
粉红鼻肥妹。

初次见面，请多指教

肥妹与 F4

2004 年 4 月 6 号凌晨，

我在家中睡得正香甜，

没想到大半夜却一直隐约听见房间某处有着仿佛小鸟般的微弱叫声，

我警觉不太对劲，猛然跳起身打开灯，往床尾一看……

生了！家里的母猫在床尾生宝宝了！

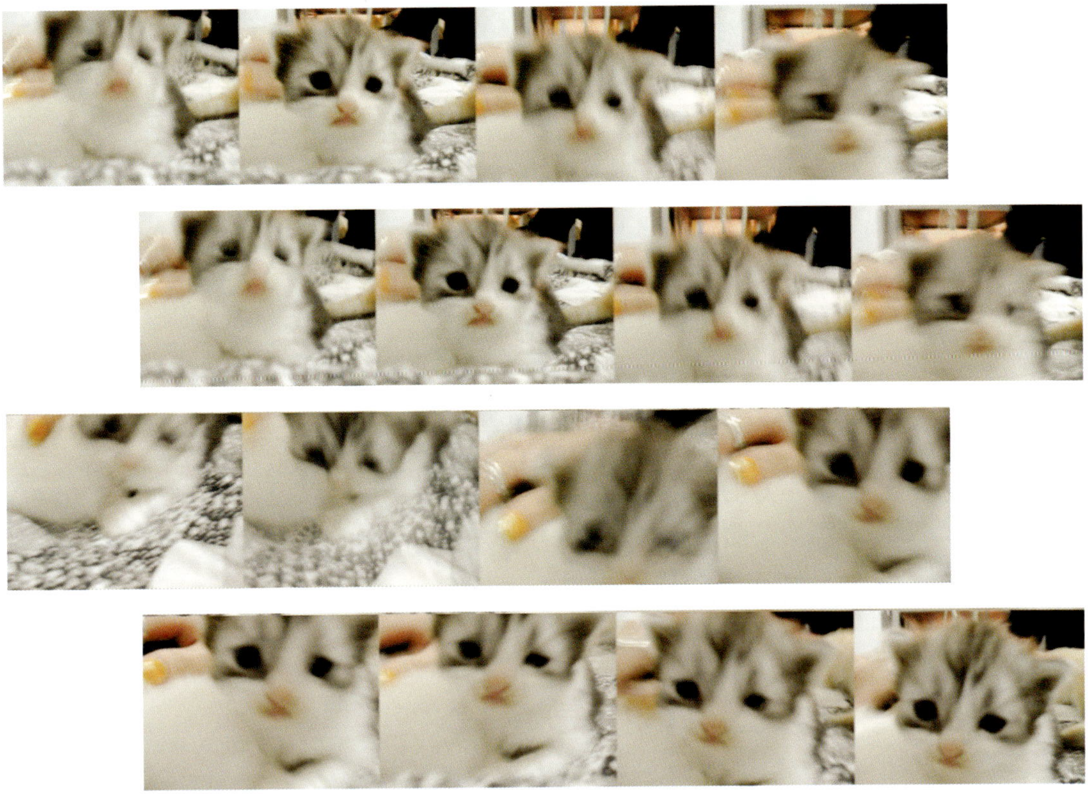

肥妹连环拍，
动感模糊但是好治愈啊！

那听起来像小鸟的叫声原来是第一只小猫的声音。
看着眼前这个长得像只小猴子般的新生命诞生，
一身湿湿黏黏的毛，我觉得自己就是它们的父亲，
内心深处的爱与热情瞬间引燃！我慌乱地找来台灯和毛毯，
努力不让它们母子失温，然后一整晚就守在母猫身边，
看着一个个小生命排队来到这个世界上。

奶猫的脸总是呈现空灵状，
实在太可爱了！

妈妈
二筒

爸爸
肥哥

时间倒回两个月前。

好友 Dylan 和 Niva 养的公猫“肥哥”，因为和我们家的母猫“二筒”同时发情，我们两家于是萌生了让它们一起拥有下一代的想法。不过这种事总是说得容易做来难，因为二筒是只看起来非～常～可～爱，但其实异～常～凶～狠的母猫。外型靓丽的二筒竟有每天照三餐海扁自己父母的坏习惯，可说是猫界的不良少女……好吧，它是少妇，毕竟当时它也 4 岁了。

果然，和亲当天，肥哥来到我们家，不断地压低身子想要接近二筒，却总是被二筒狠狠地怒殴回去。但年仅一岁的肥哥有着天生傻蛋的个性，外加第一次发情的爆发力，驱使着它不断闭着眼睛往前横冲，冲到头毛都被抓得满天飞还意志坚定，怎么样也不肯放弃！

最终，经过一个晚上的恶战，二筒不知是精疲力尽还是终于被肥哥这傻小子感动，亲就这么和了，也因此有了这一刻在我们脚边诞生的 4 只小猫。

这一胎的四只小猫，真的不是我自卖自夸，每只都可爱到让人可以看着它们一整天傻笑而完全不腻。最有趣的是，它们的爸妈：肥哥和二筒，其实都是短毛猫，但因为二筒的爸爸是只长毛波斯，而肥哥的妈妈是金吉拉，所以隔代遗传之下，这四只小猫倒有两只是长毛。

出于现实考量，我们决定自己只留下一只来养，这真的是人生路途上最艰难的抉择！因为每只真的都超极可爱……（大哭）。最后我们选择了一个屋檐下的主角——肥妹。

原因？其实我真的说不上来为什么。

肥妹并不是这四个兄弟姐妹当中最活泼可爱的，但是它一脸无辜的表情加上下垂的衰衰眼，还有乖巧文静的个性，让我们直觉地抱起了它，而我与肥妹接下来的人生也因此能够互相陪伴扶持。

肥妹的长辈们。只能说，隔代遗传的基因真的很强呀！

距离出生大约 2 个月，小朋友们正式断奶后，

其他 3 只小猫也以炙手可热的姿态，迅速地找到了各自的新主人，

F4 的短暂组合正式宣告解散！

从此家中成为 4 只小猫的三代同堂：外公、外婆、妈妈二筒和肥妹。

晋升为妈妈之后的二筒并没有因此而改变火爆个性，

扁父母还是它的例行公事，只是步骤变得比较繁琐：

它会先把肥妹从房间的小窝叼到客厅，

放在一边，然后再冲出去打架（囧）！

不良少妇——肥妹妈妈

只能说，身为一名妈妈，二筒也算是对肥妹“另类的”无微不至吧。

好在尽管肥妹看着长辈们每天互殴的场面，却没有变成不良少女，

反倒越长大越显亭亭玉立，而且个性十分乖巧优雅。

我想一定是因为我身教做得好吧（肯定自己）！

肥妹连环拍再一发！

猫奴注意！迎接生命 Tips

1. 猫妈妈在生产前一周左右，会开始出现搓揉铺窝的做巢行为。

2. 猫妈妈通常会在生产前3天开始分泌乳汁，刚开始淡如清水，但会逐渐变浓浊，奶味也会越来越重。

3. 猫妈妈开始出现频繁的蹲卧姿势。

4. 阴部开始排出草绿色或咖啡色的体液。

5. 通常猫妈妈会在15分钟内生产完毕，若超过15分钟，须请专业医师帮忙。

6. 小猫出生后若猫妈妈没有帮小猫撕破羊膜，应在1~2分钟将羊膜撕破让小猫自由呼吸。

7. 在脐带的1~2厘米处，用消毒过且泡过碘酒的线打结，使用无菌消毒过的剪刀迅速剪断脐带。

8. 若发现小猫的活动力不佳，可拿毛巾轻轻地搓小猫的身体，保暖对小猫来说非常重要。

9. 生产过程中若发生困难，应立即找专业医师协助。

10. 记得请医生开子宫收缩剂喂猫妈妈。出生后至少要帮小猫的脐带擦3天碘酒，以防止脐带感染化脓。

火爆家庭里的一丝暖流

肥妹直到一岁左右，都跟着妈妈和外公外婆同住。

外公“芭乐”的个性憨直，堪称老好人，一生最大的心愿就是可以一直吃。不过芭乐的老婆和女儿就有着令人背脊发凉的极端个性，它们母女两个几乎天天上演火拼戏码，倒霉的芭乐偶尔碰巧经过，或是刚好站在母女俩的中间位置也会被无辜波及（发抖）。

但芭乐从来都是打不还手、骂不还口，永远默默地含泪被打，或等我们过去搭救它。肥妹倒是很少卷进战争之中，因为二筒再怎么凶狠也不至于会对亲生女儿下毒手，但究竟为什么却会打亲生老妈呢？（远眺），只有外婆偶尔心血来潮会扁它两下。除此之外整体来说还算是拥有了健康的童年。就是武打真人秀看得多了一些。

挖妈妈跟外公耳朵的时候，肥妹总是呈现一张看好戏的脸。

妈妈
二筒

外公
芭乐

外婆
GIGI

原以为肥妹终日在这个武打家庭日夜薰陶、耳濡目染之下也会变成一只暴力猫，但或许是芭乐外公的温良恭俭的遗传基因太过强大，肥妹始终维持着温柔可爱的邻家女孩个性，而且充满灵性。

虽然它长大之后不像小时候那么黏人，但是每当家里发生事情，比如哪只猫不舒服、或是我们遇到伤心的事情难过、哭泣，它好像都知道似的，静悄悄地主动坐在我们身边或看着我们，小声地喵喵叫。

最爱独处及望向窗外的肥妹。

我们家曾经短暂收养过一只黑色的流浪小猫。有天半夜，小猫不慎被掉落的音响砸到，受伤的小黑猫不吵不叫，默默地躲进我家沙发底下，肥妹跑到我们身边一直叫，硬是把我们叫起床，接着跑到沙发底下舔小猫，我们才知道原来小猫受伤了，赶紧送小猫去看医生。肥妹看起来始终与人保持距离，但其实它对身边的每件事情都很关心，令人感到温暖。

内存卡杀手——肥妹。

肥妹是我第一次从出生就看着它一路成长的猫，所以格外疼爱。

每天都得抱着它进房睡，忍不住帮它买了猫咪衣服（虽然它一点都不喜欢……外公更是恨那套衣服），也为了它买下我人生第一台数码相机。

如果底片时代的美女被称为底片杀手，那么数码时代的肥妹就是我的内存卡杀手！每时每刻，不管它在干嘛，我都会拿着相机追着它跑，这种近乎痴汉的行为，如果它是人类，我想我八成已经被抓去吃牢饭了。

我就这么一直深爱着温柔又可爱的肥妹。

外婆 GIGI 的眼神时不时透着一股杀气，让人不由得心生敬畏。

猫咪也有占有欲

虽然肥妹生得一脸萌样，人见人爱，可是它却和外婆 GIGI 处得不太好。不晓得是不是因为妈妈二筒太常和外婆打架，连带导致肥妹也被外婆讨厌了。就算肥妹从没主动挑衅，偶尔外婆还是会出奇不意地追打它出气。

再加上肥妹的个性就像外公一样柔软温和，完全没有遗传到不良少妇的叛逆个性，更别说会学妈妈一样，只要发现来者不善便凶回去来保护自己（就算来者很善，二筒也不一定会给好脸色看），最后就演变成肥妹只有单方面挨打的份。

眼看这个“家族霸王”的状况日益严重，后来我索性采取隔绝政策。每当没人在家的时候，出门前我们就会先让它们分处在屋里的各个空间，总之各不相见就对了！我们还在房间内帮肥妹准备了它专用的猫砂盆、猫粮和水，让它在我们出门的时候，不至于猫身安全遭到威胁。

究竟为什么它们三代同堂却始终无法和平相处，至今我都没有答案。

我想，也许是妈妈二筒和外婆GIGI的占有欲实在太强：它们都非常非常地爱我当时的女友。

甚至有时候她出差太多天回家，没多久又要立刻出门，不良少妇二筒还会直接以肉身阻挡，不仅挡住门口，还会攻击她的脚。又或者，其中一只猫已经在她身边窝着，另外一只若意图想要靠近她，那么就会先遭到一波低吼声威吓制止，如果还敢再靠近，那么无可避免的一场斗殴决战又要开打了。

别看不良少妇平时凶巴巴的，撒娇的时候还是非常可爱的。

许多人都以为猫咪很自我，跟人不亲。但我觉得 GIGI 和二筒都是前女友一手带大的，才会对她表现得格外亲近和占有欲望（吧）！

没想到猫也跟人一样，有着那么浓烈的情感……

（可是同样被我一手带大的肥妹却没有这么黏我是怎么回事？！）

（翻猫粮盆。）

女儿!!
出拳就是要快、狠、准!!
我只示范一次!
…我不想学啊…

眼睛张开来啦!!…
乱挥中~

喝!双龙出海!!
差30厘米…

总是被不良母女欺负的外公，
在肥妹出现之后，总算有伴了。

所以，严格说起来，肥妹的童年有一段很长的时光是在房间内独自度过，只有我在家的时候才会让它出来满屋子跑（毕竟有人看着，CIGI 会比较收敛一点，就算想攻击肥妹也不太会明目张胆，而是采取偷袭策略）。

不知道是不是因为这样的童年往事，肥妹渐渐地习惯自己独善其身的潇洒生活。

有一次我帮朋友照顾小猫，带回家养了一段时间，当时让小猫和肥妹一起待在房间，肥妹只在一开始的时候会凑过去闻闻它、陪它玩一下，但是很快地就失去耐性，我看着肥妹不耐烦的脸，似乎是在对我们诉说："我是只有灵性、优雅又会思考的猫，okay? 那种追过来打过去的行为实在是太愚蠢了。"

可怜的肥妹，此时的它并不知道，就在接下来的几年之内，它将跟另外 3 只虽然不会打它但是行为非常傻气的猫咪，共同生活在一个屋檐下……

肥妹就算是淡定的脸也还是萌（融化

人要衣装，猫要兔装

刚有小孩的人，会想替孩子买自己觉得漂亮的衣服。

刚有小猫的人，也是。（咦？）

肥妹长到一定体型之后，我迫不急待地冲去买了兔子装和公鸡装回来，兴奋地给它穿上。不过特地为了肥妹而买的衣服，穿起来仅仅只是“哇～好可爱～”这样的程度而已，出乎我意料的惊喜是，外公芭乐穿起这身衣服竟然好笑到快让我崩溃！

芭乐的个性单纯直白，是一只完全会将心情 100% 表现在脸上的猫，绝对不会跟你客套！比如当它很想吃东西的时候，眼睛就会变得超级圆，很想睡觉的时候，整张脸就会看起来很萎靡，而当它穿衣服的时候脸就会看起来无敌臭……

即使知道芭乐的内心相当不爽，坏心的我，还是让它穿了大约一小时（请动保团体不要告我），原谅我……

因为看着芭乐的囧脸，真的忍不住想继续让它穿着。这绝对是一个错误的示范（跪算盘）！

传说中的《天猫拳》DVD。

这一个小时，芭乐脸臭到不行，到后来它自己快要承受不了悲愤的心情，就直接把脸贴在地上不想抬起头，就算把它最爱的罐头放在它面前仍是无动于衷。从头到尾在一旁看着这一切发生的肥妹，缓缓地向外公芭乐靠近，就在它身旁……把罐头吃光了。

后来我把芭乐穿兔子装的脸做成了 MSN 动态表情符号（在那个 MSN 还存在的时代）（远眺），竟然大受朋友间的好评。更夸张的是，后来更流传了一张据闻是由日本人合成的假 DVD 封面，叫做《天猫拳》，里面赫然可见芭乐穿兔装的圆脸照（芭乐在《天猫拳》里的身分是高级的猫咪大师）。

谢谢芭乐的辛苦，换来了众多人的治愈。（开心）

嘘！
呼！终于可以一个人静一静了！

Chapter Ⅱ 肥妹初体验

将肥妹一手带大，

很骄傲、很幸福、很温暖，

有一种初为人父的感觉。

带着肥妹体验了很多的它生命中的第一次，

就如同它也与我们一同体验生命的新的样貌，

我们是以这样的想法，

在一个屋檐下共同生活、互相倚靠。

对我们，或对这四只个性迥异的猫主子来说，

每天都是新的练习。

老妈的刀子嘴豆腐心

在新店住了大约一年的时间，因为结束了当时的一段感情和同居生活，我决定搬回台北家住。

老妈当时听到我要带一只猫（肥妹）回来，患有重度洁癖的她顿时怒不可抑，甚至冲口而出：“你想要我死你就带回来”、“带回来我就立刻把它扔掉！”

这种本以为只会在电视里看见的戏码，老妈毫不扭捏地完美演绎。

就算肥妹想要彩衣娱亲，老妈也是完全不为所动。

就算我千拜托万拜托，老妈像是吃了秤砣铁了心的不肯，最后我拿出杀手锏：“一周！就试养一周！如果你觉得会臭或是会脏，我就把它送走！”（这个缓兵之计实在好用，反正就先敷衍过去再说。）

终于，老妈好不容易答应了，但是只准我把肥妹养在妹妹工作用的地下室，严格禁止它跑到一楼的客厅和房间。

于是，肥妹离开了妈妈、外公和外婆，跟着我来到全新的地方生活。

猫奴注意！猫咪搬家注意事项

· 用温柔的语调多跟猫咪说话，缓和它们的紧张情绪。

· 假如猫咪还是显得很紧张，可以试着用手托着食物喂它们吃。

· 电视、音响声音尽量小，一切行动轻声慢行，避免造成它们的不安。

· 如果发现它们不吃不喝，别急着把食物跟水倒掉，猫咪会趁你不注意的时候默默进食，并且慢慢适应食物摆放的位置。

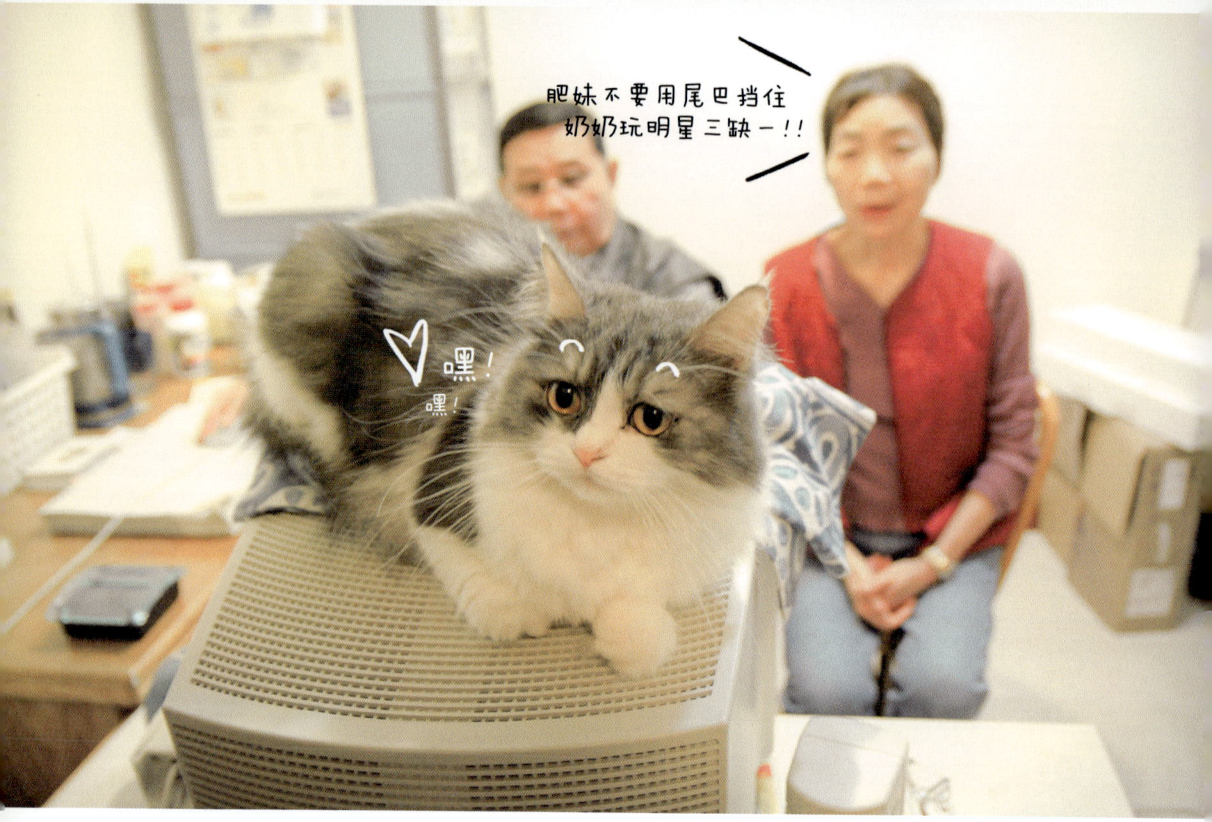

肥妹刚跟我回家的时候，我完全不敢奢望老妈跟它有一天竟然能拍一张这么温馨的合照。

还记得肥妹跟着我回家的那一天，才刚进家门，老妈就一声不吭地走回房间。我先带着肥妹到地下室，让它四处绕绕熟悉环境，看起来适应得很快，绕两个圈就放松地趴在地板上。

当天晚上我在一楼的房间睡觉，半夜爬起来好几次，偷偷跑去地下室看肥妹在干嘛、担心它会很无聊，毕竟这是它第一次在完全没有猫也没有人陪伴的情况下度过漫漫长夜。我在地下室帮它留下盏小灯，摸摸它的下巴，心想一定要趁老妈不在家的时候把它带到一楼去玩，不然它实在很孤单。

试养肥妹的那一周，我三不五时就试探性地问老妈："是不是觉得肥妹很可爱？其实养猫很干净对不对？"老妈总是不置可否，仍旧一脸严肃。感觉老妈态度完全没有软化，我这才开始担心起一周之后她会要我立刻将肥妹送走（发抖）。

直到有一天我下班回家，终于知道了老妈的心意。

猫奴注意！猫咪看电视？

据美国一项科学研究发现，越爱看电视的猫，其大脑活动可能会比不爱看电视的猫来得慢！据说是因为猫的大脑在处理影像资讯时的速度非常快，也因此它们很容易抓到迅速移动的小物体（像是老鼠、蟑螂）；而人脑活动的速度较慢，所以我们看电视时可以看到画面，而非映像管投射出的光点。

换句话说，爱看电视的猫通常是因为它们眼中的影像接近人所看到的画面，所以肥妹跟我们果然是灵魂伴侣啊（乱下结论）！

肥妹跟家人越来越好，有时候还会抢着看电视，它最爱看的节目就是《宠物当家》。

那天下班，我一如往常般很快地进了家门就往地下室冲去，想陪陪肥妹。

没想到一走到地下室，看到地上的东西，我堂堂男子汉的眼泪也差点掉下来！老妈竟然买了3台将抽绳往后拉就会向前跑的那种小玩具车放在地上给肥妹玩！！！

先不要考虑猫根本不可能会玩这个玩具的合理性……瞬间我终于知道了，老妈果然还是那个永远刀子嘴豆腐心的老妈，嘴里说不要，身体倒是挺诚实的(喂~)!

我怀着满满感激的心，缓缓地走到老妈房间门口，故意问她那3台玩具车是怎么回事？只见她依旧摆着严肃的扑克脸，用着倔强但放低的口吻说："我想说它会无聊。"

肥妹的生活中常常会出现许多"玩伴"。
（不管它愿不愿意。）

我真的一阵鼻酸，快要泪崩了……

一来是真的真的很感动，

二来是很想跟老妈说："猫不会玩玩具车啦！"

认识新同伴的必经之路。

所谓的“玩伴”，大概就是这样……

当然，肥妹顺利度过“试养期”，正式取得老妈发放它的永久居留证。而且一个月后，肥妹更拿到了“到一楼”的通行证，从此全家两层楼随便它狂奔，除了老妈的房间以外（据老妈的说法，这是她的最后底线）。

而且随着肥妹跟着我们一起生活的时间越来越长，老妈喜欢肥妹的心情渐渐的也越来越藏不住。有天老妈从外面回家，还跟我和我姐说：“刚刚经过宠物店，里面好多猫，看来看去还是肥妹最可爱。”

我和我姐一直偷笑。

再后来简直变本加厉，个性严肃的她不知曾几何时开始，回家总是先唤肥妹才叫我们。而且她还是用一种高八度（或十六度……总之是不可思议的少女高频音），一边笑一边温柔地尖着嗓子喊：“肥～妹～呀～～～　～～～”肥妹也很识相地总会热切地跑去门口迎接，然后喵喵叫回应着老妈（肥妹对于高频的声音相当没有抵抗力，一听到就会 High）。

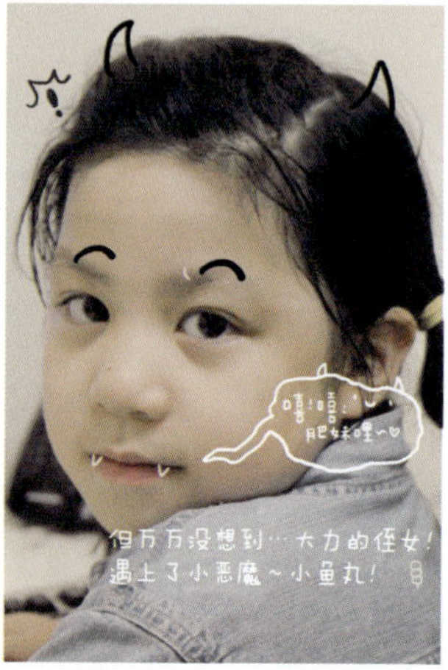

肥妹的天敌之一，我的侄女。

或是，在出太阳的时候，老妈会用木板在厨房的窗边搭一个小台子，然后，把肥妹抱上去让它晒太阳……有没有这么疼它啊！根本把它也当孙女了吧！

总之，肥妹的天堂生活就此展开，全家人都爱它，集万千宠爱于一身，而且没有其他的猫会烦它。（除了我的侄女若芸之外……）每天它就开心地在家里跑上跑下，或是发出巨大的呼噜声，而且在老妈的恩准下，肥妹也终于可以进我房间跟我一起睡了。

终于，肥妹成为了爹疼娘爱的天之娇女，在家里过着幸福快乐的日子。当然此时的它也并不知道，今生最严峻的考验即将到来……

PS：

我要趁这个机会谢谢老妈，谢谢你的宽容和温柔的好心肠！

对了，虽然肥妹现在已经搬到我跟派机的新家来跟我住，但是姐姐和若芸还是很想再养一只猫喔！就答应她们吧哈哈哈！虽然你现在又开始抗拒，嘴里说着“哎哟！好不容易肥妹走了家里没有猫毛了”这样的话，但我相信只要养了，你就一定会像爱上肥妹一样爱上它啦！

相亲记

其实我内心很挣扎要不要让肥妹生宝宝，因为处于优生学的考量，实在很想看它生的小猫，绝对是非常可爱啊（老爷爷想抱孙子的心情你懂吗）。犹豫了许久，刚好那阵子跟朋友聊到他养的那只查理也还没结扎，于是我们决定在我家安排一场相亲聚会，让它们先碰个面，看看来不来电。

见面当天早上，我因为担心肥妹见到新猫会太紧张，为了想要帮助它放松，还给它用了毒品（扇巴掌）……呃……是猫草啦！看它在地上滚来滚去，搔首弄姿、千姿百态的模样，我捋着下巴不存在的胡须，心想这桩喜事应该是成定局了。

不久，留美归国的查理到了我家（因为查理这个名字很洋气，我们都谎称它是留美的），两猫相见的瞬间，

登登登～～～～～毫无感觉！！！

别说不来电了，稍微将它们两个靠得近一些就会瞬间火气爆表，互凶彼此！而且名不虚传的查理不愧冠着留美的封号，眼神中始终散发着一股傲气，正眼都不想看肥妹一下，只剩我们这些抱着它们的猫奴愣在那儿，尴尬不已。

虽然很可惜，但这门亲事也就只能罢了。

好吧，找不到适合的老公，只好帮肥妹结扎了。因为我觉得发情的时候真的好可怜，发情期的它们几乎不吃也不喝，每次发情都瘦了一大圈。加上肥妹虽然名为肥妹，但其实是个纤细的骨感美女（它只是毛蓬而已），据说猫咪绝育后都会发胖一些，于是就带了还保有处女之身的肥妹去了动物医院（鼻酸）。

这是我第一次亲眼看到猫咪结扎，其实非常不忍心拍照，因为麻醉后导致放大的瞳孔和空洞的眼神，会让人内心有一股莫名的难过，但为了记录肥妹人生中这难得的一刻，我还是硬着头皮拍了几张照片就到外面等待。

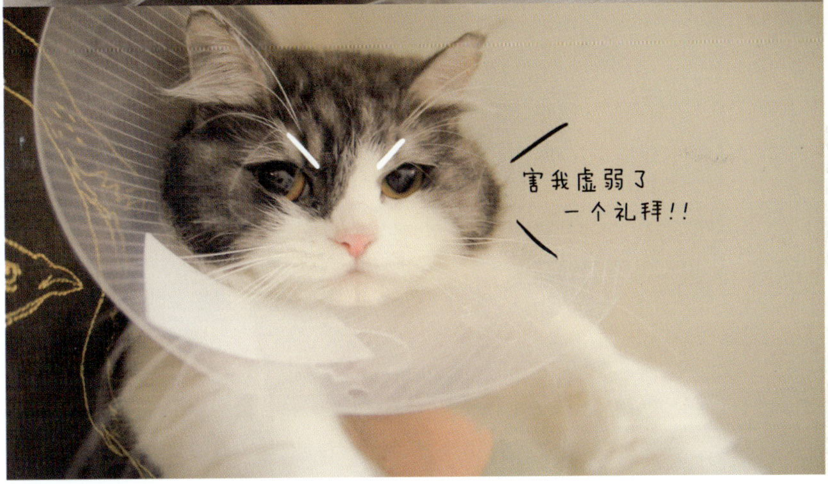

绝育之后的肥妹戴上了伊丽莎白圈（为的是不让它忍不住舔拭伤口或是误将缝线咬掉），回到家之后，它看起来衰弱到不行，眼神尽显疲态，也不太有食欲，看到它这个样子，真的让人很心疼。

相较于只是拿掉蛋蛋的公猫来说，母猫绝育是一项工程浩大的手术，需要 7~10 天的时间来恢复精力。等待肥妹康复的那几天对我来说，真的是日日难熬，看着它虚弱的模样，我对自己发誓："我永远都不要再让肥妹绝育了！"（这不是废话吗！）（扇巴掌）

洗澡殊死战

肥妹与我搬回台北家之后约过了一年，猫奴界发生了重大事件：我交新女友了！（也是我现在的妻子）（羞）这意味着服侍肥妹的猫奴再添一人，她叫派机。

派机本身是个非常非常爱猫的女生，而且在第一次看到肥妹之后，简直发疯般地经常强行抱它、亲它、或把它的头含在嘴里……（不要问我为什么）肥妹每次被派机抱的时候都想强行挣脱，到后来发现抵抗行为完全对派机起不了作用，渐渐就放弃了，反正任由派机蹂躏一下之后就会被放走。

除了被强吻强吞的行为蛮诡异之外，新猫奴派机其实颇得肥妹的欢心，常常跟她玩追来追去的躲猫猫游戏，睡觉时也常常窝在她身上。我一直觉得家里的猫都把派机当成同类，而不是人类。

有一天，派机心血来潮决定帮肥妹洗澡，那个惨烈的战况和凄厉的尖叫真的不亲眼见到完全无法相信，我只能以照片来记录当时的几幕……不过肥妹经过一番苦战之后，洗完澡吹干之后的它真的太~萌~了~啦（迷妹上身），那蓬松的毛发和香喷喷的味道，加上微微不爽的脸（但是看到罐头之后立刻一秒变萌），害我的少女心又再次悸动了！

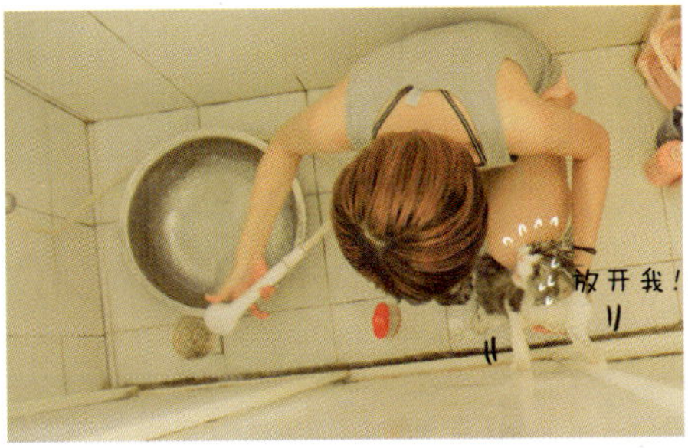
放开我!!

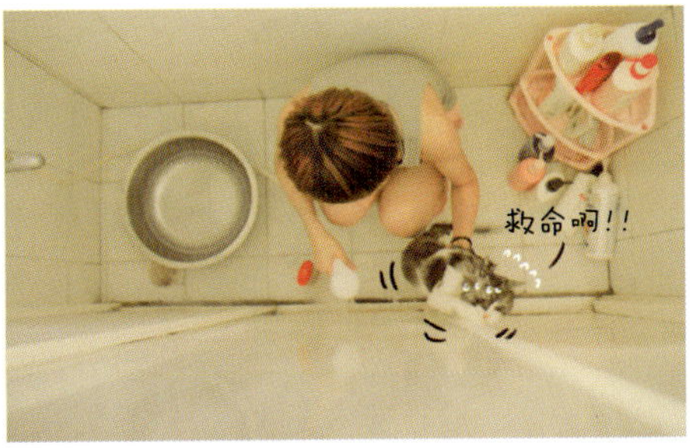
救命啊!!

救命啊~

呼..终于洗完了...

擦干点喔..

那么少!!!!
肥妹! 好乖!
给你吃罐头补偿一下!! ♡

新猫奴派机出现之后的日子，肥妹更加快乐了，白天有我老妈抱它去晒太阳，派机下班后会陪它追来追去地玩，睡觉时还有人肉电暖炉之称的我让它躺在肚皮上。连我姐姐和侄女都很爱它，常常想将肥妹偷渡到她们房间去过夜。

我依稀记得肥妹那时候的开朗笑声……（最好是）

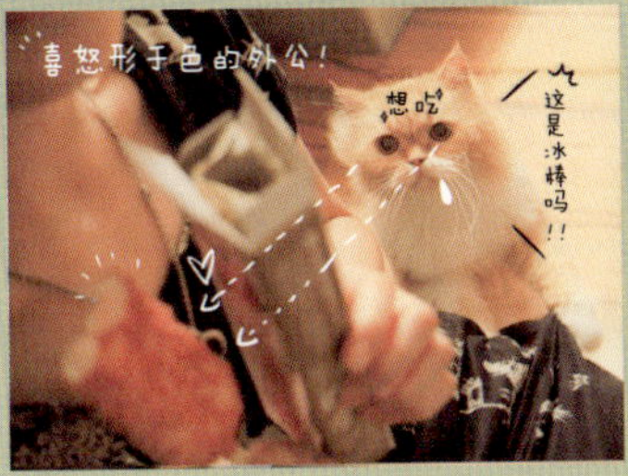

番外篇

有一次向派机介绍肥妹的外公——芭乐，她看着芭乐的照片，说很想见见这位肥妹的外公，于是我们便找了一天去探望芭乐。

恩，一阵子没见，它果然还是当初那个喜怒形于色的憨直老公公。

伍迪爷爷去野餐啰！

爷爷野餐记

肥妹的爷爷、肥哥的爸爸——伍迪，是我们的好朋友Dylan和Niva一起养的猫。

伍迪是一只很奇妙、简直堪称是人的猫。它爱吃人吃的食物，也爱吃青菜，它会开门，会喝汤，还懂得如何正确吃一串关东煮而不会刺到自己的喉咙（从侧边抽出来再吃）。所以猫奴们在吃东西时都要小心翼翼（尤其是肯德基），因为只要稍不留神，你就只能眼睁睁地看着伍迪叼着本属于你的食物跑掉了。

看伍迪遥望远方的模样，
只有一脸帅气能形容啊！

伍迪非常爱出门，在某天下午，Dylan 和 Niva 带着伍迪去河堤边的公园野餐，我也就跟去拍照。看着伍迪熟练地上树下树，动作利索地像只漂亮的豹，内心不禁想着肥妹不晓得有没有遗传到这种热爱户外的基因。虽然我很难想象一只波斯长毛猫在树上眺望远方的模样（沉默）。

这是好几年前拍的照片了。

伍迪已经离开了我们，它生命的最后一个月，身体非常虚弱，只能靠点滴和灌食的方式维系着生命。令人感动的是，虽然我们都知道伍迪很像人、有灵性，但却怎么也没想到它的最后一个礼拜，等到它最爱的 Dylan 从日本工作回国的那个早上，见到他最后一眼之后，伍迪才安心地离开。

Dylan 的行李箱甚至都还放在客厅没打开。

伍迪告别了大家，结束了它 1 2 年的陪伴。

我想，只有宠物是我们身边最不求回报的付出者。它们无条件的陪伴、付出爱，偶有灵性地在我们难过伤心时依偎在脚边，无声地治愈着我们。

我听朋友说过，其实它们懂的事情、看到的东西，都比人类多太多了，所以上天才会拿掉了它们说话的能力，不然世界会大乱。

我不知道这个说法是真还是假，但我绝对相信它们的爱与陪伴是无私的给与，并且我们的心意，其实它们都懂。之后即使家里只有我跟猫在，我都会把想对它们说的话，透过声音说出来。因为只要好好地、认真地说，它们一定懂。

咖咖！！

Chapter Ⅲ 喵星人观察人类报告

咖咖："派机一天中好像有 2/3 的时间都是在昏迷状态耶！"

呼呼："对啊！你不觉得派机的脸很催眠吗？"

乳迪："而且到底有谁看过大力的正面啊（疑惑）？肥妹你看过吗？"

肥妹："啊……这个"

呼呼："大力是风一般的谜样男子，我看不到它。"

咖咖："唉，已经下午 5 点了，他们什么时候要开饭啊？我快要饿死了！"

乳迪："听说他们今天要吃肯德基全家桶耶！"

咖乳迪："呀嘿！！！！！！"

肥妹：………………（望窗外）

从天堂到地狱，原来那么近

在台北一起住了一年多之后，我和派机决定搬到中和自立门户，肥妹与我的组合不容拆散，它自然而然也跟着我们一起来了。

新家虽然很小，是个 50 平米不到的挑高 3 米小套房，但是这个新家，从空屋到挑选家具到最后装修完成，都是我和派机以及另外一位设计师好友所精心构思的成果，所以正式要搬进去时，我们都显得格外兴奋。

尽管因为地方有限，导致肥妹在新家能够跑动的空间变小了，但是采光却比从前充足了许多。肥妹懒洋洋地斜躺在新家木地板上，暖暖阳光洒落在它身上，常常看着看着，连我的意识也模糊了，就这么一起甜蜜入睡（猪）。

就这样，在这个充满美好阳光的新家的前半年，我们就幸福快乐地过着一家三口……不，是一主二仆的悠闲日子。

大力掏心话

虽然新家小小，但是五脏俱全。

为了营造一种日式清新的“家”的感觉，

我和派机以及设计师友人几乎挖空了对方的脑、看遍各类装修书籍与杂志。

终于，皇天不负苦心人，新家的每一处都和我们想象的一样完美。

我从搬进去新家的第一天开始，就火力全开地主攻肥妹，

不管它是在客厅地板发呆、靠在床边痴痴望外，

或是窝在楼梯下面无所事事……

反正它的一举一动都是我的缪斯女神，

拍到我放下相机时都觉得自己好像有点毛病（发抖）。

这应该是因为肥妹太美、家太温暖、阳光充足、派机太傻的关系吧。

主仆三人相亲相爱了半年左右，某天派机下班一回到家，突然一个箭步冲过来紧握着我的双手，眼神闪着异样（让人略感不祥）的光芒……

那是一种，即使我们热恋时也未曾看过的炙热眼神……

“我今天下班的时候在宠物店看到一只好可爱的猫，我好想买！”她激动地说：“笼子里面还有它的哥哥，长得更可爱，但是我看到的那只猫，有种看了会很想笑的感觉！”

这句话听起来没头没脑的，但是我却完全可以理解，因为我看着派机也是同样感觉。

此时，原本背对我们的肥妹突然猛一转头看着我们，我猜想它八成也隐约感到大事不妙。

几天后，派机带着快半岁大的家族新成员——咖咖，回到家里来了。

呼吁！领养代替买卖

虽然我们破例带了咖咖回家，但我还是要诚恳地呼吁大家，请以领养代替买卖，不论猫狗。

你可以试着上网搜寻“繁殖场”三个字，然后你将会看见宠物店橱窗里那些可爱小动物的爸爸妈妈。它们一身的憔悴疲累、肮脏邋遢，被关在不合身型的铁笼里，等待下一次交配的时候到了，它们才能短暂地离开铁笼。是的，这是橱窗里那些可爱小动物的家长。

若你伫足于宠物店的窗前，看着窗内的可爱动物，想要带它回家，想要给它怜惜给它很多的爱，请试着也想想它们的爸爸妈妈，因为它们没有被怜惜，没有被爱。你只有以领养代替买卖，才能阻止不肖商人利用生命获利，也让收容所里所有命悬一线的小生命们有了得以生存的机会。

在这里，我要郑重道歉并且告诉大家，我们做了一项很不好的示范：购买了一只猫。

我们一直坚信应该以领养代替买卖，但是见到咖咖的那一刹那，有一种亲切又其妙的感觉让我们鬼遮了眼……最后，我们决定用当时政府发的消费券买下了咖咖——一只耳朵根本完全不折的苏格兰折耳猫。

行为鲁莽无比又看起来笨头笨脑的咖咖，与温柔优雅的肥妹形成了强烈的对比，咖咖不断地挑战肥妹的忍耐极限，到最后都会被肥妹一掌巴走。但是这又和肥妹小时候看见妈妈和外婆的那种几乎是生死决斗的真实大战不同，肥妹会等到自己被弄到觉得很烦了，才会伸出不带爪子的肉掌把咖咖赶开。

哈!? 肥妹叫我吗!!♥

呼! 肥妹不陪我…
我只好霸占床了!!

睡饱了…来咬大力心爱
的艾斯舒压一下好了!♥

自从咖咖加入了我们的生活，肥妹的生活就此产生剧变。

我想肥妹一定觉得很烦吧……时不时这个扰人清幽的家伙就会在家中的各个地方出没。它常常抬起头发出很大的猫叫声，听在耳里，我脑中自动将它翻译成：这是地狱～的怒吼。

原来从小时常被长辈殴打的肥妹，最怕的不是挨打，而是被烦。

咖咖来报到的这段期间，因为派机的妹妹——派歪，也暂住在我们家，于是我们三人二猫，住在扣掉公摊后不到 30 平米的小空间内。虽然变成我得睡沙发，但却有种热闹又温馨的家庭的感觉。也就在这段期间，我们开设了一个名为“一个屋檐下（金层武、启智姐妹与两只猫的十坪生活）”粉丝专页！

肥妹经常冷眼看着一旁内心戏总是过多的咖咖。

是的，不要怀疑，我就是自称90公斤界金城武的无耻之徒！但聪明帅气如我，却怎么也没有想到，这个名称取错了……我千不该万不该，竟然会傻到以为家里从此就只会有两只猫……

欢迎大家来找我们玩！

每天看着这两只猫的功防、还有派机与派歪两姐妹的傻样，为了记录这段时间的（无脑）生活历程，我们一起开设了一个粉丝页，让大家能在烦闷的生活里找到趣味。粉丝页的名称很冗长，叫做：一个屋檐下（金层武、启智姐妹与两只猫的十坪生活）。大家有空来找我们玩啊！

FB搜寻：一个屋檐下（金层武、启智姐妹与两只猫的十坪生活）

http://www.facebook.com/stupidmimi

永远一脸惊恐的乳迪也报到了。

无时无刻的淡定与目空一切

正所谓屋漏偏逢连夜雨，船迟又遇打头风。有一就有二，有二就有三（有完没完啊）。

就在咖咖来到我们家又过了将近一年，爱心火山定时喷发的派机又从宠物店带回了一只有皮肤病的流浪猫——乳迪（因为我们觉得它的五官长得有点像肥妹的爷爷伍迪，加上它全身有着黑白相间的奶牛色块，所以就决定综合一下，叫它乳迪）。

乳迪因为皮肤病看起来很不舒服，所以一回家，我们就先带着乳迪洗药浴，在持续了一段时间的皮肤治疗之后，终于治好了它的皮肤病。可能因为皮肤健康，身体感觉比较舒服了，乳迪的活动力大幅上升！

乳迪的到来，最开心的就属咖咖了！因为这两个家伙的智力简直不相上下，都是属于愣头愣脑的类型，每当它们腻在一起，玩着近乎愚蠢的你追我打游戏时，肥妹总是用一种冷眼旁观的抽离状态在一旁看着这一切……

猫奴注意！
皮肤病“猫癣”治疗

猫癣常发于猫咪的脸部、躯干、四肢以及尾巴等部位。通常会表现出圆形或椭圆形的癣斑，斑上覆盖着灰色的皮屑。通常有猫癣的猫咪毛色会变得相当粗糙，癣斑部位的毛发会变得一撮撮的，且因毛发脆弱而容易折断或脱落，猫咪也会因为瘙痒难耐而不停搔抓，进而导致脱皮斑秃。

1. 干净的生活环境，定期消毒、打扫，预防导致染病的真菌再生，就能有效隔绝猫癣。
2. 毛巾、被子、抱枕等物品定期曝晒在阳光下消毒杀菌。
3. 晒太阳，有助于增加猫咪皮肤的抵抗力。
4. 抱猫之后记得用肥皂洗手，否则抱过染病的猫之后又抱健康的猫，较容易引起交叉感染。
5. 补充维生素B，可增强猫咪抵抗力，并加速猫咪皮肤复原的速度。
6. 减少洗澡次数。太常洗澡会刺激皮肤角质层，易导致抵抗力变低。
7. 请专业医师协助治疗。

智商差不多高的派机也加入了咖咖、乳迪的嬉闹追逐，这时候，我便会轻轻地拍拍肥妹的背，传达一种“我明白”的心意给它，然后坐下来与它一起看着三个笨蛋在小套房里的捉迷藏游戏，期间还夹杂着高分贝的尖叫……

这段期间，我们偶尔也会帮出国的朋友暂养他们的猫，所以有一段时间，家里简直变成了三合院般的热闹家庭……一个面积仅有30平米的大家庭。

这时候，肥妹霎时间明白了。

原来之前只是开启了地狱模式，现在才是真正地踏进地狱。

既然正式踏入地狱，那么地狱岂是如此轻松就能一窥全貌的！

没错！只距离乳迪来到我们家又过了两个月的时间，派机又从她老爸（也就是我现在的岳父）工作的消防队，一口气抱回了3只流浪小猫！

[大力说书]捉迷藏，俗称躲猫猫

躲猫猫，之所以叫躲猫猫，就是因为猫咪很低调，很爱躲在隐匿处不让人发现。

派机常常在家跟它们玩躲猫猫，但可不是我们平常玩的那种，我找到你，就换你当鬼这么正常。而是一种她会蹑手蹑脚地四处寻觅咖咖跟乳迪，然后寻获目标尾巴或是爪子的时候就会开始先声夺人、高声大叫，接着咖咖跟乳迪就会因为太紧张而在全家乱窜……（沉默）

这真是一个危险的游戏，请大家注意安全。

我还记得派机抱着一箱东西回家的那个晚上，我清楚地（透过心电感应）听见肥妹幽幽地叹了一口气，悲恸但轻声地念着："我本是卧龙岗潇遥的猫……"然后就无奈地去巡视了一下箱子里的不知名生物。聪明如它，清楚知道猫奴们早已造反，它的皇权正在分崩离析，与其树敌更多，倒不如主动去看看进宫来的究竟是哪些妖孽。

在此期间，我们有两位好友因为出国，所以家里暂养了他们的猫和兔子，这也是这个屋檐下最夸张的巅峰时期，聚集的生物之多，令人咋舌。掐指算算，总共七猫三人一兔！在只有 30 平米大小的家！

说真的，的确是有点太 over 了。

幸好家里附近有一位好心的猫妈妈，看这些小猫需要细心照顾，忙于工作的我们会力不从心，说要帮我们照顾小猫直到它们断奶，让我们瞬间担子减轻不少。

猫奴注意！

新成员报到时

由于猫咪的地域性及自我意识较强，所以如果有新成员加入，通常双方免不了要先互相示威一下（当然也有例外情形，像肥妹这种万事随风去的个性就很难吵起来）。

假如想要再养一只猫，建议可以选择体型较原有的猫小，并且避免两只公猫一起住，否则等到性成熟之后，很容易产生互相攻击的行为。新成员刚回家时，建议可以先将两猫隔离1～2周，一方面是避免疾病传染，一方面也是让两只猫渐渐地认识彼此。

隔离结束之后，就可以短暂地让它们在猫奴陪伴的情况下熟悉对方，假如已有什么不对劲，开始打架，就先静观其变，等情势稍微缓和之后再将它们分开。如此渐渐拉长相处时间，再加上一些时间精力陪它们认识彼此，相信家中的和谐是指日可待的！

帮我们把呼呼和它的兄弟姐妹带大的好心胖咪妈妈。

老僧入定的呼呼（明显就是睡着了）。

呼呼窈窕照。

3 只小猫在猫妈妈那儿住了几个月后，回到了我们家。也是该替它们找好心人领养的时候。但是三猫其中之一，看起来相当温柔的小猫，似乎与乳迪非常有缘，两只整天形影不离地窝在一起，还互相帮对方梳理身上的毛，看了实在不忍将它们分开……

没错，我们留下了它，并为它取名为呼呼。

到此，一个屋檐下的成员正式到齐——肥妹、咖咖、乳迪、呼呼。

呼呼在刚确定成为我们家的一份子时，还是只可以睡在我们手掌心里的小可爱，就因为派机许了一个天大错误的愿望："好想养一只胖猫喔！"上天就像是在跟我们开玩笑一样，立刻将呼呼在 8 个月之内从几斤的娇小身材变成了 16 斤的巨猫……并且在粉丝页上获得了新的外号——九公斤猫妖！

恩…我是为了每年冬天
而做增肥准备!!
…
不行吗!!
…
……

随着体重的增长，呼呼的野性也跟着蓬勃发展。认识它越久，越发现它有着极大的占有欲和严重公主病，例如猫粮刚倒出来它一定要第一个吃、猫砂刚清完它一定要第一个上。而且，凡是比它晚进这个家的猫，即使只是朋友暂时寄养的，都免不了被呼呼怒目而视，甚至出手攻击。它无法容忍这个家除了它之外还有更小的猫存在，它要永远当最小的公主，抢食最大的那一碗，抢上最干净的厕所！

基本上，除了肥妹和我之外，家中其他生物的习性和智力是相当的，于是这个家的团体与相处模式形成了鲜明的对比，至于是什么样的对比我就不赘述了。为了我的婚姻大局着想。

有了它们的陪伴，这个家变得更温馨更有趣。

除了肥妹之外的 3 只猫，几乎霸占了猫奴身边的空位，其中最夸张的就是乳迪和呼呼，可能是它们进门时间差不多的关系，它们的感情从小好到大，每天都上演抱在一起互相舔毛到打起来的笨蛋戏码。而咖咖和乳迪（还有派机）则是负责呆瓜捉迷藏，两猫一人整天在 30 平米大的空间里冲上冲下，追来打去，好不热闹。

“唉”，我和肥妹同时叹了口气。

人猫昏迷戏码，每日上演，全年无休。

这是一个嗜睡的家庭

自从四猫合体之后，我们家除了出现智商两极化的团体之外，还出现了另一个奇怪的现象：

严重的昏迷氛围！

无论何时、何地，总能看见猫和派机在昏睡。尤其是她们只要坐上家里的沙发，彷佛被下咒了一样，看到派机 + 猫 + 沙发的组合，她们永远睡得不成人形……猫形。

原本以为是因为家里太小，氧气不够大家吸，但后来我们搬到了隔壁，比原本的家大了一倍，没想到昏迷状况不但没有好转，还日趋严重。呼呼往常一睡就是一整天；乳迪经常睡到嘴巴开开外加舌头掉在外面；咖咖则是经常睡到一边打呼一边说梦话（发出一种类似小猴子的奇怪声音）；连优雅的肥妹都会忘了形象，常常跟我对看，看着看着就突然睡着了（惊）。

众猫的迷人睡姿。

猫咪们天性就比较嗜睡，想想也就算了，没想到症状最严重的竟然是派机！她每次昏迷在沙发上，就像是进入一种接近圆寂的状况，不管怎么叫她、推她、我们甚至试过用奇异笔把她整张脸乱画一通……她都始终如一，绝不清醒。加上她开始出现各种千奇百怪的睡姿，我不得不产生了另一个怀疑：沙发有问题！

但这个猜测很快就不攻自破了，因为我们后来换了一组沙发，昏迷情况依旧不见改善（沉默）。

于是家里固定的风景变成：派机下班回家，吃过晚餐，开着电视、带着妆，以各种豪迈、帅气、华丽的姿势睡死在沙发上，并且经常连带 4 只猫跟着一起入眠，直到隔天早上。最可怕的是她睡死之后不但叫不醒，如果硬要拉她进房间睡，会被她怒吼和暴力攻击，但她隔天会露出一脸疑惑地说："哈？我推你？怎么可能？"

派机昏睡的帅气背影。

【人猫奇谈】令人一坐上就昏睡的沙发

有时候，我看着客厅的这张沙发，常常会陷入沉思。

它究竟有什么魔力，能够让原本活蹦乱跳的4个生物，在极短的时间之内，进入一种旁人绝对无法扰乱的世界，并且在上面睡得"异常"安稳，完全无视周遭环境。

在我把沙发换掉之后，我终于得到结论。

令人（猫）昏迷的不是沙发……根本就是懒王之王——派机（指）！

好想吃大鱼…Z.Z

即使很偶尔，派机会在睡着之前先爬上床，但总是比她们晚睡的我，却时常因为床上的四处已经铺满了人和猫，而完全不知道该怎么躺下……除非我能把自己全身骨头折断变成闪电形状。

“休息是为了走更长的路”，但我们家的状况，所谓休息，就是一种无意识的丑陋 + 暴力 + 昏迷 + 总有一个人得睡沙发的综合。

好烫!!!!!
升空!!

咖咖外拍日

个性活泼好动的咖咖，是家里最热血暴动的一只猫，而且跟其他猫不太一样，它不仅不怕外出，还非常地热衷。每次不管我们是回家还是出门，反正只要一打开门，它就会以迅雷不及掩耳的速度夺门而出，留下一脸错愕慌张的我们。好在我们住的是社区大楼，它最远只能冲到走廊的另一端，然后躺下来撒娇，等我们抱它回家（抖）。有好几次我们带它去顶楼散步，晒晒太阳、吹吹自然风，它都会兴奋得不得了，一只猫在屋顶上冲过来又冲过去，俨然是只冲动的小狗。

我们看它这么爱出门，便想干脆带它去远一点的地方看看。于是在一个气候宜人的秋天午后，我和派机决定带着咖咖去河堤边挑战户外散步。

从小到大都没有流浪过的咖咖，这是它第一次四只脚踩踏在漫着青草香的湿软土地上，刚开始它显得有一点点的紧张，身体微微地压低，看着一望无际的宽广草地，好像不知道该往哪里去（……这就是人生啊咖咖）。但很快地，它就完全适应了，天生天养的个性到底是从哪儿来的啊！它在草地里迅速地窜来窜去，不过最远也只会跑到离我们 20 米左右的地方，就会冲回我们身边，真是个会认人的小鬼，实在是太贴心了啊！

看着咖咖在草地上，像只小猎豹怡然自在地晃来晃去，忍不住会想，也许它其实想要的，是这样的自由，而不是关在房间里每天只能看着一模一样的人和家具。但一想象它孤独地在城市的街道巷弄中，受尽风吹日晒、甚至可能几天都不能饱餐一顿，或是被喜欢虐待、会下药毒猫的坏心人遇到，就觉得心疼，根本无法继续往下想。

猫奴注意!

猫咪散步注意事项

据研究指出，带猫散步可以改善猫咪的知觉过敏、过度舔毛等焦虑行为，还能改善家猫常见的猫咪生殖泌尿道症候群、猫咪间质性膀胱炎的患病几率。不过一般猫咪可能会对出家门感到害怕，或是抗拒遛猫绳，想要带猫出门散步，呼吸新鲜空气的人可得注意啦!

1. 通过零食、鼓励等各种方式，让猫咪对遛猫绳产生好感，直到你拿出遛猫绳，猫咪会主动靠近你，那就离成功不远了。

2. 穿起遛猫绳时，给猫咪它最喜欢的零食，接着脱掉遛猫绳，并把零食收起。反复训练，直到猫咪无视遛猫绳的存在。

3. 当猫习惯了遛猫绳，就先让它在穿戴遛猫绳的状况下自由地在家活动。

4. 从没出过门的猫会对出家门这件事感到紧张，所以要出门时，先开门让它带着你自己走出去，遛的时间从5分钟慢慢延长到10分钟以上，重点是不可以勉强它，让它带着你走。

可惜我不懂猫的语言，永远不会知道它们真正想要的选择是什么。也许咖咖会想当一只流浪猫，也许呼呼会想当某间餐厅养的胖招财猫，也许乳迪只要呼呼去哪它就去哪，也许肥妹哪里也不想去，只要家里的猫都不在就好。而这些始终都只是我的猜测和想象。

但我相信，既然它们最后都与我们生活在同一个屋檐下，就一定是密不可分的缘分。所以，亲爱的肥妹、咖咖、乳迪、呼呼，就让我自私一点，擅自认为你们都想留下来吧。

想到这里，草皮的另一头，派机轻轻地抱起了咖咖，傻人傻猫，用傻气的脸对看着。

生活就这样，多美好。

咖咖你可不可以叫
乳迪跟呼呼换个位置…
哈~
肥!
潜艇堡模式!
脚麻…
脚麻…

Chapter Ⅳ 【番外篇】肥妹生活写真

嗨。

大家好，我是肥妹……

嗨。

……（沉默）

肥妹好朋友

经常因为有朋友要出国，或是在路边捡到猫，便会将猫咪寄养在我们家，直到主人回国，或是流浪猫找到新的主人。这几年，家中的流浪猫也来来去去好多只了，有些猫住进了好人家，有些则因为身体的疾病无法医治，终究离开了这个世界。

每只在我们家待过一段时间的流浪猫，都是我们的心头肉。每一次将它们送走时总是依依不舍，前一天在家中还会弥漫着一股淡淡的忧伤，我们交代新主人一定要常常传它们的照片给我们看，让我们即使不在它们的身边，还是能知道它们过得好不好。

所幸，送走的猫咪们似乎都遇到了真心疼爱它们的好人，除了乐乐……

乐乐是一只流浪猫，刚出生时，它的内脏就已经有问题，就算经过一段时间努力医治仍无法改善，最后它的身体虚弱到连呼吸都很困难，内脏功能也几乎完全丧失。我跟派机度过了人生中最煎熬的两天，最后还是决定听从医生的建议，以安乐死的方式让乐乐能够走得舒服一点。

我永远记得那一天。

清晨的天空渐白，太阳缓缓地从远处的山边冒出头。像是对一个生命即将逝去感到巨大的不舍，天亮后的城市万物静止，没有鸟叫虫鸣、没有微风轻抚。

我们踏进了医院，一个瘦弱的微小身躯就这样被我们抱在手里，而在那一针意味着生死永别的药被推进乐乐的身体内，原本就已经相当微弱的生命迹象，一点一点地慢慢消失了，它的瞳孔渐渐放大、眼神失去了光芒，永远离开了这个世界。

乐乐在家里的最后一个清晨，呼呼陪伴在虚弱的它身边，趴着看窗外的日出。我们抚摸着它的头，轻声地叫它小乖（不知为什么，当下就很想叫它小乖），感谢它来到我们家，感谢它每次爬上我们身体时发出的咕噜声，感谢它静静的陪伴，感谢它实在是只太可爱又傻气的小猫。

这是我们的小乖——乐乐。

谢谢你让我们陪你度过最后的这些日子。

！是老爸！！
闻！
吃！
吃！
吃！

摩卡我帮你把风，你尽管睡！
呼呼不要打我….

肥弟的心声：
我的仆人 Niva 爱我成痴，就画了一幅我的画！

呼！！逃过呼呼的猎杀了……

惊醒的肥妹爷爷伍迪！
恩？！好像有鸡肉的味道！！

我们将乐乐火化后，树葬在淡水附近的半山腰，看着火化厂的烟囱里冒出的阵阵黑烟，缓慢地飘上蓝天，消失不见，我们知道它去了更好的地方。

之后，我们便渐渐地不再收养流浪猫，因为每一份对猫的感情，不管是失去还是转予它人，都像是与心爱的恋人分离一样万般不舍。

回过头看看那些曾在我们家地板上翻滚奔跑过的孩子，不管现在你们在哪里，希望你们一切都好，平安喜乐。

阿猫的奖励品！

亲爱的黑咪

呼呼的同胞哥哥！

肥妹日记之　我的派机与大力

大家好，我叫肥妹。首先我想先澄清一下，就是其实我一点也不肥，而且还是家里所有猫当中最瘦的，只有 4 斤多，大概就是人类模特的体重标准吧。会被取名为肥妹是因为我的爸爸叫做肥哥……（沉默），但肥哥明明是我爸不是我哥。我搞不懂人类在想什么。

派机和大力是我的奴仆，从我 3 岁左右开始服侍我一直到现在，也算两个忠心的老管家。我对他们唯一的抱怨，就是他们后来开始失控地会不定时带猫回家，最后还留下几只猫并且同时服侍它们，原本想把这两个失控的猫仆开除，但念在他们有照顾那些笨猫的爱心，也就作罢，凑合凑合，将就着用。

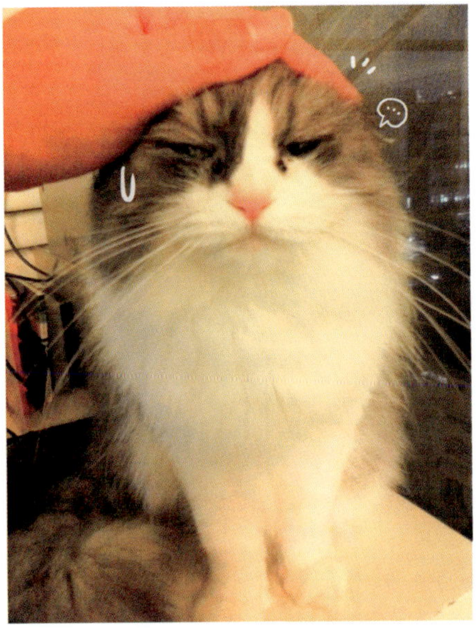

大力你的手很重耶！

我想下去想下去……

大力与派机的婚礼背板和婚礼小物。

派机与大力的组合，是人类口中的“情侣”，我其实有点搞不懂那是什么样的关系……而且他们最近还搞了一个叫做“结婚”的玩意，把我和其他笨猫的图像画在一种名为喜帖的东西上，甚至连婚礼小物上也有我们几只猫的图像，但我们却没有因此而多吃几餐或是三餐加料，只能说这两个猫奴越来越不把我们放在眼里。

根据我多年的观察，派机是那种比较接近其他笨猫智商水平的人类，而大力比较像我，好像比较会思考，不过他生性懒散，这点跟优雅高尚的我非常不一样。他们俩共同的兴趣就是拍我们，没事就拿着手机或者相机一直对着我们猛拍，刚开始实在觉得挺烦的，白眼都要翻到天灵盖上，不过久了也就习惯了。总的来说，他们是一对个性很合得来的，所谓的人类夫妻。

这是我的猫奴，及笨猫们。

咖咖第一次当猫 mondel，拍摄专辑封面，但因为坐不住又非要坐好所以脸超臭。

摄影师 _ 蓝陈福堂

一个屋檐下的每日影像。

听闻他们最近打算将我们这一家子的故事集结出书，还双膝跪地请我撰写这篇文字，以作为书的结尾。念在他们服侍了我一辈子，就答应了他们。所幸人类的文字不太深，我花了两个礼拜就学会了，接着又花了一个月学会了一种人类常用的、发光的玩意，叫做电脑。

是的，现在我正坐在电脑前，左爪边放了一杯猫粮慢慢吃着，偶尔吸点猫草，好整以暇地打了这篇文章。但电脑真不是个好东西，看久了我的瞳孔都缩小了。实在不懂为什么人类可以对着这块发光的板子一整天，而不去阳台趴着晒晒太阳、思考一下有关地球或者宇宙的事情。

此地不宜久留!!

所以可以放开我了吗…
乳迪
我们是伙伴!!

这人类除了会吃
之外也很会睡…
免费人型暖炉!

??
??
?!
Z Z Z

乳迪、呼呼和派机现在一脸傻样地窝在一起，一如既往正睡死在沙发上，咖咖则在一旁踩着大力的肚子，这就是我每天在屋子里看着的无聊景象……我有预感直到终老，我都得看着这一幕日以继夜地发生。虽然确实生活很无聊，老是吃吃喝喝、睡睡醒醒，想要独处的时候总是会有几个傻瓜在身边绕来绕去，但是习惯了之后，才知道如果哪天看不到这幅景象，还真有点舍不得呢！

这一个屋檐下，我们就将就着继续相亲相爱吧！

想不到每天练习通灵之术还是有用的！
碰!!

战斗力分析表

派机

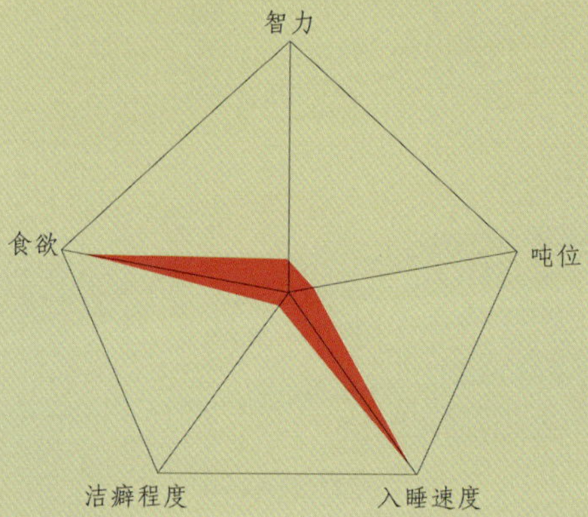

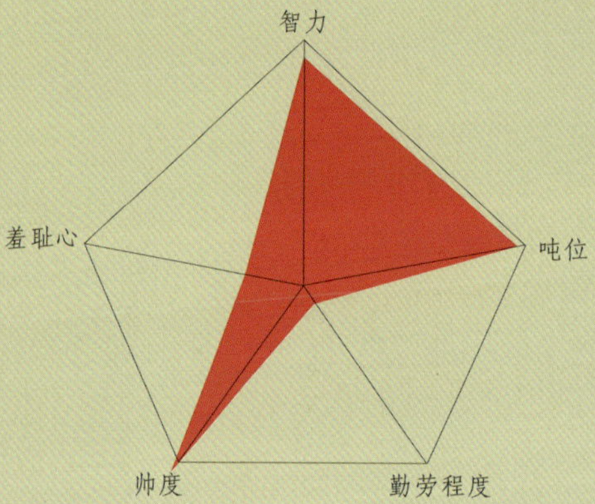

大力

肥妹

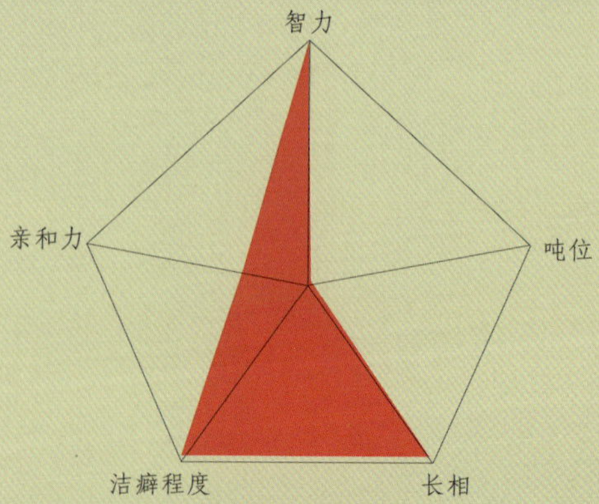

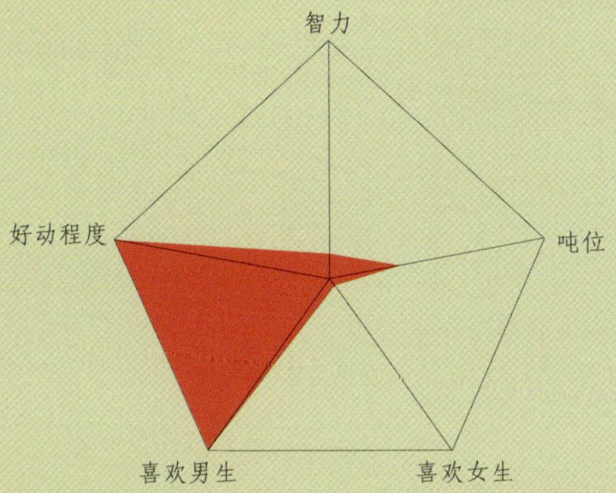

咖咖

乳迪

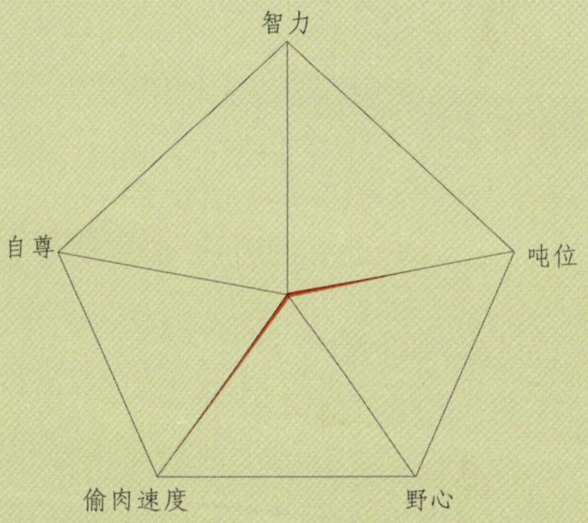

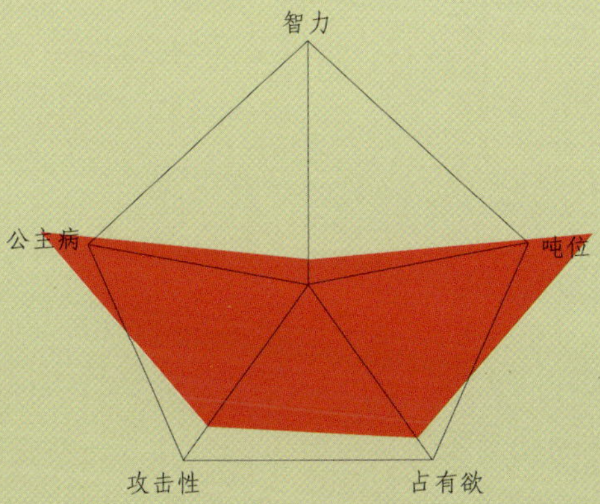

呼呼

一个屋檐下，To be continued……

大力致谢

写这本书的这段时间，我从风流倜傥的浪子变成了已婚男人，也就是说这本书陪我经历了人生最忙碌、也最幸福的一段日子。这几个月我每天几乎就只做两件事：挑选猫咪的照片和筹备婚礼。重温一次它们的成长，然后自己也同时在成长，这样的感觉很棒。

谢谢出版社以及找上我们的美女编辑 Amber，还有这本书的型男设计师威利、Tony，以及我的同事冬冬，经纪人 Joanne，辛苦你们了！还让你们忍受了我们无止境的拖稿……真的很不好意思也很感动哈哈哈！

还要特别感谢帮我们把呼呼带大的胖咪妈妈，以及一直细心照料我们家四只猫的晓扬医生！

书虽然写完了，但一个屋檐下的傻瓜生活依然持续着，派机和咖咖一样的傻，乳迪和呼呼一样的贪吃，肥妹和我一样的聪明（唉）。

最后想谢谢的，就是派机和猫儿女们一路的陪伴。

也谢谢看完这本书的你，穿越了时间空间，在看这本书的过程，以另外一种方式陪伴了我们。

下本书再见！（希望）